AF189646

BoD – Books on Demand

Christian Koch

Kochen wie ein Waldschrat

Rezepte, die die Elfe zusammen mit dem Waldschrat Erwin Niedermörtel kreiert hat und mit denen sie es sich mitten in der Natur gemütlich machen.
Für die angegebenen Mengen der Zutaten übernehmen sie keine Gewähr.

Reihe »Mondgeflüster«

Bibliografische Information der Deutschen Nationalbibliothek:
Die Deutsche Nationalbibliothek verzeichnet diese Publikation in der Deutschen Nationalbibliografie; detaillierte bibliografische Daten sind im Internet über www.dnb.de abrufbar.

ISBN 9783746035543

Satz und Gestaltung: Christian Koch
Umschlaggestaltung/Grafiken: Karl Groß

Herstellung und Verlag:
BoD – Books on Demand, Norderstedt

Für meine Familie und alle meine guten Freunde, die ich gerne bekoche - bei Rotwein und Gesprächen am Küchentresen.
Und natürlich für B., welche die Rezepte - wie immer - verkostet hat.

Erwin Niedermörtel

Erwins Strümpfe sind so dick,
wie das Fell vom Löwen,
wenn er schöne Äpfel hat,
verkauft er sie in Glöwen.
Seine Augen blitzen blank,
niemand sah sie weinen,
abends sitzt er auf 'ner Bank,
trinkt roten Wein - ganz feinen.

Unter Erwins Hollerbusch
wohnt 'ne zarte Elfe.
Manchmal kommt sie in der Nacht,
meistens gegen zwölfe,
schaut in seinen Traum herein,
ziert sich nicht die Bohne.
Manchmal zuckt auch Erwins Bein,
dann ist der Traum nicht ohne.

Nicht ohne einen Tropfen Wein,
nicht ohne Wurst und Käse,
nicht ohne Suses Blick, der lockt,
nicht ohne Bertas bunten Rock.
Nicht ohne Feuerholz, das knistert,
nicht ohne Schmarren, die er flüstert,
doch nur im Traum, der Mond hört's auch
- dann dreht sich Erwin auf den Bauch.

Die Elfe feixt und fliegt nun los
und Erwins Bein, das liegt jetzt bloß.

Inhalt

Vollmondes Traurigkeit

Erwin stapft bei Mondenschein
knurrend durch den Tann,
die Laune ist im tiefsten Keller
- schuld ist die Susann.

Die, die hinter'm Bahngleis wohnt,
die Polonaisentruse.
Manchmal dachte Erwin gar:
Ach, du süße Suse.

Zog die Glut in der Zigarre
zu 'nem hellen Schein,
hüpfte um den Apfelbaum,
nur auf einem Bein.

Schrieb Gedichte an die Suse,
hat sie gleich verbrannt,
weil es ihm so peinlich war
- hat sie Susemaus genannt.

All dies ist nicht angekommen,
denn der Hein war fixer.
Ja, sein alter Kumpel Hein,
mixte mit dem Mixer

eine große Kruke Smoothie,
duftend nach Rhabarber,
hinterhältig Wodka rein
und dann sein Gelaber

lullte die Susanne ein,
säuselt in ihr Ohr,
holt zu guter letzt sogar
noch 'nen Vers hervor.

Deklamiert mit glühend' Augen,
Vollmond wird noch runder.
Nur Susanne denkt dabei:
Wat soll der ganze Plunder?

Und der Mond scheint düster
- wüster wird's im Tann,
Erwins Laune wird noch schlimmer:
Scheiß auf die Susann!

Aber! So was denkt man nicht,
meldet sich der Mond.
Mach schnell kehrt und eile dich -
du weißt doch, wo die Suse wohnt.

Erwin trippeltrappelt schnell
über Wurzeln, trock'ne Äste,
denkt dabei mit feuchten Augen:
Ach Susann, du Beste,

trink nicht mehr von diesem Smoothie,
gleich bin ich am Fenster
deiner Hütte und dann poch' ich
weg die Hein-Gespenster.

Hein hat schon verklärte Augen,
seine Finger zucken
schon in Richtung Susemaus
- doch was muss er gucken?

Da am Fenster scheint der Mond
und zwei glühend' Kreise
funkeln hell in Richtung Suse
- und so bricht das Eise.

Suse stürzt aus ihrer Hütte
schluchzend hin zu Erwin,
der sie stützt mit starkem Arm,
völlig ist sein Nerv hin.

Hein sagt: Tschüß. Nimmt seine Joppe
und die Kruke Smoothie.
Alles Gute für euch beide.
Schade - süße Susi.

Waldeslust

Der Mond lugt durch die Wipfel der hohen Kiefern. Er sieht die Elfe Hedwig noch zu später Stunde aus ihrem Hollerbusch aufsteigen und zur Lichtung fliegen, wo das alte Haus vom Waldschrat Erwin Niedermörtel steht. Dort brennt in der Küche Licht und der Mond bemerkt, wie Erwin eine Flasche Rotwein entkorkt und zwei Gläser auf den Tisch stellt. Die Tür ist nur angelehnt und so kann die Elfe direkt in die Küche fliegen.

»Zu so später Stunde rufst du mich noch an? Warum bist du so durch den Wind, he?«

»Du kennst doch die Suse, die, die hinter'm Bahngleis wohnt, Hedwig. Stell dir vor, der Hein wollte sich an sie ranmachen - ich habe das gerade noch verhindern können. Da schreibe ich unverrichteter Dinge Verse, aber der hat einen Mixer. Der kann nicht mal kochen, mixt aber mit diesem Dingens ein Gebräu zusammen und lädt sich bei der Suse ein. Er wollte sie abfüllen, stell dir das mal vor!«

Die Elfe kann sich ein verschmitztes Lächeln nicht verkneifen. Sie hebt ihr Rotweinglas in Richtung Erwin und nimmt erst einmal einen tiefen Schluck. »Wie hinterhältig. Und nun willst du dir auch einen Mixer zulegen, was? Hast du keine eigenen Ideen? Koche ihr doch mal was Feines und lade sie zum Essen ein. Ich denke, nach einigen Gläsern Rotwein findest du auch den Mut, ihr einmal deine Verse vorzutragen.«

»Ich und kochen? Ja, Pellkartoffeln mit Setzei, oder was? 'Ne Wurststulle und Käsehäppchen? Feines Menü! Da macht die Suse doch gleich kehrt und klopft auf dem Rückweg beim Hein an die Tür. Nee, das ist keine gute Idee. »

Die Elfe steht ruckartig auf, geht um den Tisch herum zur Kochmaschine und klatscht mit der Hand auf die kalte Herdplatte. »Sage mal ehrlich, wann du das letzte mal hier drauf etwas vernünftiges gekocht hast, außer Wasser für Tee oder Kaffee. Ach ja, Pellkartoffeln und Setzeier gebraten.« Etwas sauer geworden hebt die Elfe ab und fliegt durch die Tür nach draußen. Vor dem Holzbackofen angekommen, reißt sie die Backofentür auf und schaut hinein. Dunkel ist es da drin und sie leuchtet mit ihrem Elfenstab hinein.

»Wie lange hast du hier drin kein Brot und keinen Kuchen gebacken, he?«

Sie geht um den Backofen herum zum Räucherschrank, der neben dem Holzschuppen steht.

»Und geräuchert hast du auch ewig nicht, ist ja alles voller Spinnweben hier drin. Also, du hast hier alle Möglichkeiten, etwas vernünftiges auf den Tisch zu bringen, aber was machst du? Nix! Nix machst du, du Trollo. Aber hängst mir in den Ohren wegen der Suse. Also, das wird jetzt alles wieder aktiviert und ich helfe dir ein wenig beim kochen. Und jetzt brauche ich noch ein Glas Rotwein.«

Beide sitzen wieder in der Küche am Tisch. Erwin hat rote Backen und ist ganz aufgeregt. Mit zitternder Hand füllt er die Gläser.

»Du hast ja recht, Hedwig. Ich schlinge fast immer das gleiche in mich rein. Früher ...«

»Ach früher«, unterbricht ihn die Elfe. »Ja, ich weiß, du hast allerlei gebruzzelt hier. Deswegen ist es ja schade, dass du dich im Alter hängen läßt. Aber nächste Woche geht es wieder los, bis dahin machst du alles sauber und fit, verstanden?«

Erwin nickt beflissentlich und putzt sich mit einem karierten Leinentaschentuch die Nase. Der Mond ist etwas heller geworden und steht jetzt direkt über den Wipfeln. Da zeigt Hedwig mit ausgestrecktem Arm zum Fenster: »Wenn der gelbe Geselle dort oben bei mir kochen gelernt hat, dann kannst du deine Kochkünste auch wieder reaktivieren. Der Mond hatte ja keinerlei Vorkenntnisse, er konnte nur Caipirinha mixen.«

»Was? Der Mond kann kochen? Hat der etwa auch eine Freundin? Und wie bist du da hoch gekommen? Willst du mich verarschen?«

»Tja, Erwin. Wer nur immer in seiner Klabuchte hockt, bekommt natürlich nicht viel mit. Natürlich hat der Mond eine Geliebte, aber das ist eine andere Geschichte. Ich muß jetzt ins Bett, bis nächsten Sonnabend also.«

Als Erwin zur Besinnung kommt, erinnert ihn nur das leere Rotweinglas an den Besuch der Elfe.

14

Waldschratfrühstück

Am nächsten Morgen, der Kopf brummt ihm etwas, denn er hat die Flasche Rotwein nach dem Abflug der Elfe noch ausgetrunken, nimmt Erwin einen Bleistift und einen Notizblock aus dem Schubfach seines Küchentisches und beginnt alle Arbeiten aufzulisten, die seiner Meinung nach für das neue Vorhaben erforderlich sind. Es bleibt ja nicht beim Saubermachen von Backofen und Räucherschrank; da muss Holz für den Backofen aussortiert werden, einige Reparaturen fallen an und ein paar Küchenutensilien, die Erwin irgendwann einmal weggeworfen hat, muss er sich nun neu besorgen.

Erwin hat jetzt Hunger bekommen. Er holt zwei Eier aus der Speisekammer und setzt sie in einem Topf mit kaltem Wasser auf; die Eier sind dabei nicht ganz mit Wasser bedeckt. Die Eier hat er vom Bauern Hermann Eichenkötter, der Erwin mit allerhand Naturalien versorgt. Als sie zu kochen beginnen, schaut er auf seine Küchenuhr mit dem alten Holzziffernblatt, die über dem Regal mit seinen Tassen und Kaffeepötten hängt. Er merkt sich die Position, welche der große Zeiger nach vier Minuten erreicht haben wird. Dann geht er wieder in die Speisekammer und sucht sich ein Glas selbstgemachten Gelee von seinem Sortiment aus - er hat Holundergelee und Quittengelee jeweils entweder mit Ingwer, Minze oder roten Pfefferkörnern. Heute wählt er Holundergelee mit Pfeffer, da hat er einen guten Start in den Tag.

Der Uhrenzeiger ist in einer Minute auf der richtigen Position und Erwin füllt schnell noch seinen Pfeifkessel mit Wasser. Dann nimmt er den Eiertopf vom Herd, gießt das heiße Wasser in das Spülbecken und schreckt die Eier kurz ab. Eines kommt in den Eierbecher aus Keramik auf dem Küchentisch, eines legt er daneben und sein Stullenbrettchen davor, damit das Ei nicht den Tisch hinunter rollen kann, denn so eben ist der Fußboden in Erwins Hütte nun doch nicht. Danach schält er zwei Zehen Knoblauch und schneidet sie in feine Scheiben. Schnell noch in die Speisekammer und den selbst geräucherten Hirschschinken abgehängt und einige dünne Scheiben abgeschnitten. Der Wasserkessel pfeift und Erwin brüht sich einen großen Pott Kaffee. Noch zwei Scheiben Brot abschneiden, Butter auf den Tisch stellen und aus dem Henkelkorb auf dem Fensterbrett eine handvoll Walnüsse nehmen. Nun kann Erwin in aller Ruhe frühstücken:

2 weichgekochte Eier
2 Zehen Knoblauch in Scheiben geschnitten
2 Scheiben Brot mit Butter und Knoblauch
darüber einmal Gelee und einmal Schinken
1 Pott Kaffee und danach Walnüsse knacken

Wintermond

Schnee auf Eichen und den Zedern,
Vögel plustern ihre Federn,
steht der Mond gelb halb da oben
und wir haben rote Ohren.
Und die Meisen schlafen leise,
dass der Kater sie nicht fängt,
der trotz Kälte in der Eiche
über'm Vogelhäuschen hängt.

Eichelhäher fliegen fuchtig,
hacken in des Katers Schwanz,
steifgefroren fällt er runter
und zieht Leine, doch nicht ganz
zugefroren ist das Teichloch,
jeden Tag wird's aufgehackt
und der Waldschrat taucht hinein,
trotzt der Kälte - und das nackt.

Fahl und bläulich kotzt der Eul'rich
hastig sein Gewölle aus,
kalt sind seine Eulenkrallen,
denn sie war so dünn, die Maus.
Und die Elfe zieht die Decke,
Kunkelbinsen dicht gewebt,
über ihre zarten Schultern
und der Elfenstab, der schwebt

neben ihr und leuchtet gelblich,
wie der Mond mit halber Kraft,
und ihr Schnarchen übertönt
das köcheln von Holundersaft,
den die Kunkel gleich daneben
unter ihrer Wurzel rührt,
weil zum nächsten Neumond dann,
sie den ZwölfElf mit verführt.

Nur der Mond in seiner Würde
zieht trotz Kälte seine Bahn,
ohne lange Unterhosen -
nur den Schlafrock hat er an.

Hirschgoulasch und Herzragout

Der Bauer Hermann Eichenkötter hat für Erwin ein Hirschkalb geschossen. Grob zerlegt schleppt er es in einer großen Plastewanne in Erwins Küche.

»So, fein zerlegen machst du ja selbst,« sagt er. »Die Leber und das Herz habe ich auch mitgebracht. Die Leber haust du mal gleich in die Pfanne und vom Herz solltest du dir ein feines Ragout machen. Ich helfe dir beim Zwiebeln schälen.«

Während Hermann Zwiebeln schält und in Ringe schneidet, wäscht Erwin die Leber, wendet sie in Mehl, welches er vorher mit Salz und Pfeffer gemischt hat, und bald sitzen beide Männer am Küchentisch und schmausen.

Der Bauer ist gerade wieder losgefahren, da schwebt die Elfe durch die Tür. »Oh, das duftet aber, ist noch etwas übrig?« Sie dreht einen Looping über dem Herd und schaut in die leere Bratpfanne. »Hätte ich mir denken können. Ist sonst noch was im Angebot?«

»Wir könnten uns Herzragout machen, was meinst du?«

»Klingt gut«, erwidert die Elfe, »dann mal los. Hast du Rotwein, besser ist Portwein, im Haus?«

»Aber klar, habe eine angefangene Flasche Portwein dort in der Ecke im Flaschenkorb.«

»Wäre ja auch ein Unding, wenn die noch zu wäre, Erwin«, stichelt die Elfe. »Her damit! Du schälst eine Zwiebel und Knoblauch und hackst alles klein, ich kümmere mich um das Herz.«

Zutaten: Herz, Zwiebeln, Knoblauch, Olivenöl, Margarine, Wacholderbeeren, getrocknete Pilze, Lorbeerblätter, Salz, Pfeffer, Portwein.

Die Elfe schneidet das Herz in kleine Stückchen, legt diese in eine Schüssel, gibt ein wenig Salz und Pfeffer darüber und beträufelt alles mit Olivenöl. In einem Mörser zerstößt sie Wacholderbeeren und ein wenig Nelken und vermischt damit die Herzstückchen.

»So, da haben wir jetzt eine Stunde Zeit zum erzählen, denn das Herz muss ein wenig im Kühlschrank ruhen. Hole uns mal einen Rotwein, denn den Portwein brauchen wir ja noch. Hast du auch getrocknete Pilze im Haus? Die könnten wir noch an das Ragout machen.«

Nach einer knappen Stunde ist die Rotweinflasche leer und die Elfe gibt etwas Margarine in die Pfanne und schwitzt die fein gehackten Zwiebeln und den Knoblauch an, bis alles glasig ist. Das kommt dann in eine kleine Schüssel und nun brät sie die gebeizten Herzstückchen an. Dann kommt der Portwein zum Einsatz und noch zwei Lorbeerblätter hinzu. Als es köchelt, wirft Erwin eine handvoll getrockneter Steinpilze in die Pfanne und die Elfe gibt Zwiebeln und Knoblauch hinein; dann legt sie den Deckel auf die Pfanne. Zwischendurch wird immer mal umgerührt und bei Bedarf wird ein kleiner Schluck Portwein nachgegossen. Nach einer dreiviertel Stunde schmeckt die Elfe einmal ab, gibt noch ein wenig Salz hinzu und schon sitzen beide am Küchentisch und lassen sich das Herzragout mit einer Scheibe Brot dazu schmecken.

Erwin portioniert das zerlegte Hirschkalb, löst Ober- und Unterschale aus den Keulen, schneidet das Filet vom Rücken und löst das Fleisch vom Blatt und den Vorderläufen. Die Elfe schaut ihm zu.

»Am Sonntag kommt mich die Suse besuchen, ob ich ihr dann schon etwas kochen soll?« fragt Erin die Elfe.

»Auf jeden Fall, du bist doch gerade in Schwung gekommen. Wie ich dir so zuschaue, bin ich der Meinung, du bereitest ein deftiges Hirschgoulasch. Nimm dir 'nen Zettel und schreibe auf:

1 kg Wild in kleine Stückchen geschnitten
2 Zwiebeln
5 Knoblauchzehen
13 Wacholderbeeren, zerstoßen
3 Blätter Lorbeer
7 Nelken, zerstoßen
Rosmarin
Tomatenmark
Rotwein
Olivenöl
Salz und Pfeffer aus der Mühle
1/2 Zitrone
1 Glas Preiselbeeren

In deinem Mörser machst du dir eine Mischung aus den Wacholderbeeren, Nelken und Lorbeerblättern. Dann gibst du den fein geschnittenen Knoblauch und etwas Pfeffer aus der Mühle hinzu. Das klein geschnittene Fleisch kommt in eine Keramikschüssel und darüber gießt du ein wenig Olivenöl und drückst die halbe Zitrone aus. Dann die Gewürzmischung dazu geben und alles vermengen, eventuell noch ein wenig Öl hinzu geben. Abgedeckt sollte die Schüssel wenigstens 12 Stunden im Kühlschrank ruhen.

Das eingelegte Fleisch kommt mit allen Zutaten in deinen gußeisernen Topf und wird angebraten und gesalzen. Kurz nach dem anbraten die gewürfelten Zwiebeln hinzufügen und wenn diese glasig sind, eine Tube Tomatenmark unterrühren. Dann mit Rotwein ablöschen und auf kleiner Flamme köcheln lassen. Ab und zu mal schauen, ob etwas Rotwein zerköchelt ist und nachgießen. Wenn das Fleisch gar ist, kommen die Preiselbeeren in den Topf und ziehen noch ein wenig mit.«

»Und welches Gemüse soll ich dazu machen?« fragt Erwin die Elfe.

»Ich würde Rotkohl dazu machen. Du kaufst ein Glas ganz normalen Rotkohl und verfeinerst den mit Schmalz, Nelken, Lorbeer, kleinen Apfelstückchen, einer Prise Salz und einer Prise Zucker und als Krönung gibst du einige Rosinen hinzu. Viel Spaß!«

Weißkohlsuppe

Gelblich fad leuchtet am frühen Abend der Mond durch den Hochnebel im Tann und die Elfe fröstelt leicht auf ihrem Weg zu Erwins Haus. Als sie näher kommt, hört sie laute Musik. Das Küchenfenster ist halb geöffnet und ein Duft nach Rauchfleisch und Kümmel wabert ihr entgegen. Sie schlüpft durch den Fensterspalt und schaut sich verduzt die Szenerie an. Erwin rührt in einem großen Topf herum, neben dem Küchentisch auf einem Regal steht ein Plattenspieler und eine Stereoanlage, darunter liegt ein Stapel Schallplatten. Aus den Boxen dröhnt David Bowies *Next Day*.

»Was geht denn hier ab Erwin?« brüllt die Elfe hinter ihm. Erwin dreht sich erschrocken um und ein fröhliches Grinsen ziert sein Gesicht, als er die Elfe erblickt. Er schiebt die Elfe beiseite, geht zum Regal und dreht die Anlage leiser.

»Tja Hedwig, Kochparty sage ich dazu. Bei Musike schnippelt sich alles viel leichter. Vorgestern Nacht habe ich von dir geträumt und dich zwischen den Birkenstämmen tanzen sehen und am Morgen fiel mir dann mein Plattenspieler wieder ein, der auf dem Boden vor sich hinstaubte, seitdem Gesine mit ihrem Zirkuswagen weiter gezogen war.«

»Du hast doch nicht wirklich von mir geträumt, Erwin«, sagt die Elfe spitz zu ihm, »sonst wäre dir nicht Gesine, diese Truse, in den Sinn gekommen. Gut, dass sie weiter gezogen ist und dein verdrehter

Kopf wieder eine richtige Kennung hat. Und nun verrate mir bitte, was du in deinem großen Topf hast.«

»Weißkohlsuppe - deftig und zu dieser kalten Jahreszeit bestens passend. Also folgendermaßen habe ich sie zubereitet:

2 Scheiben Kasslernacken in kleine Stücken schneiden
1 halbe Zwiebel klein schneiden und in Öl anschwitzen, Kasslerstückchen in die Pfanne geben
7 Wacholderbeeren im Mörser zerstoßen und dazu geben
1 Zehe Knoblauch halbieren und in Streifen schneiden und in die Pfanne geben, pfeffern nicht vergessen.
Wenn alles leicht angebraten ist, mit ein wenig Wasser ablöschen und auf kleiner Flamme köcheln lassen.

Weißkohl klein schneiden und im Topf in Rapsöl anschwitzen, die andere halbe kleingeschnittene Zwiebel dazu geben und noch 3 Zehen Knoblauch, in Streifen geschnitten.
1 rote Chilischote halbieren und in schmale Streifen schneiden, ab in den Topf damit.
7 Wacholderbeeren, Pfeffer, Salz, ein wenig Kümmel und Piment dazu geben, dann mit Wasser aufgießen, bis der Kohl gerade bedeckt ist. Den Kohl kurz aufkochen und dann mit kleiner Hitze köcheln lassen.
Wenn der Kohl bissfest ist, ausdrehen und ziehen lassen.
Wenn die Kasslerstücken gar sind, mit der Brühe zum Kohl geben und noch mal abschmecken.
Das isses schon.«

Zutaten:

2 Scheiben Kasslernacken
1 Weißkohl
1 Zwiebel
4 Zehen Knoblauch
1 rote Chilischote
14 Wacholderbeeren
5 Piment
Kümmel
Pfeffer aus der Mühle
Salz
Rapsöl

Erwin und sein Plattenspieler

Erwin hat 'nen Plattenspieler,
draußen tobt ein Sturm,
wirbelt nasse weiße Flocken
und im Ohr, da wohnt ein Wurm.
Dudelt manche Melodei,
dudelt hoch und bässer,
nur das Wetter vor der Hütte
wird dadurch nicht besser.

Aber Erwins Laune steigt,
er steht in der Küche,
schneidet Zwiebeln klitzeklein,
niemand hört die Flüche,
die er ausstößt und die Tränen
tropfen auf das Brettchen,
weil der Plattenspieler dudelt,
jemand singt wie'n Frettchen.

Dass ein Frettchen singen kann,
rockig und auch bluesig,
wusste Erwin vorher nicht,
die Platte ist von Suse.
Ebendiese mit dem Haarreif,
der wie Sterne blinkert,
wenn sie aus dem Hause geht
- dieses ist verklinkert.

Rot, wie Herbstlaub sind die Klinker,
aber jetzt ist Winter
und der Mond läßt sich kaum blicken,
denn er ist da hinter
diesen dicken Graupelwolken,
schütten nasse Flocken,
Erwin in der warmen Küche
fängt jetzt an zu rocken.

Füße stampfen, Bassgewummer
und die Pfanne bruzzelt,
das Frettchen singt jetzt einen Jazz
und klingt leicht verhuzzelt.
Wolken zieh'n, vom Sturm verweht,
heller scheint der Mond,
Erwin freut sich, bald kommt Suse -
die, die hinter Klinkern wohnt.

Gefülltes Kaninchen

Am späten Vormittag kommt die Elfe zu Besuch und will sich nach Erwins Renovierungsarbeiten erkundigen, kann ihn aber nicht finden. Die Haustür ist nur angelehnt und auf dem Küchentisch liegt ein Handtuch und ein Wetzstein zum Messer schärfen. Die Elfe schwebt um das Haus zum Schuppen an der Hinterseite. Im Schuppen ist Erwin gerade dabei, einem Kaninchen das Fell abzuziehen. Er schnauft ein wenig und dann ist es geschafft.

»He, du alter Wilddieb, hab ich dich erwischt, bist du wieder unter die Fallensteller gegangen?«

»Nee, Hedwig«, sagt Erwin und blinzelt gegen das Sonnenlicht, das durch die Schuppentür dringt. »Das hat mir Eichenkötter vorhin gebracht. Schau, es könnte zwar ein wenig größer sein, aber als geschenkt habe ich mich natürlich gefreut. Ich werde es nachher noch einlegen und morgen kommt es in die Röhre, möchtest du mit mir essen?«

»Na klar! Wir werden es gemeinsam zubereiten. Was hältst du davon, es zu füllen. Eine gut gewürzte Mischung aus Hackfleisch läßt es nicht so trocken werden und wir haben auch noch mehr auf dem Teller. Ich gehe wieder ins Haus und stelle schon mal einen Zettel mit den Zutaten zusammen.«

1 Hauskaninchen
500 g Gehacktes halb und halb
3 Zwiebeln
2 Möhren
Knoblauch
Wacholderbeeren
Knoblauchsalz, Pfeffer
Thymian und Rosmarin
Zimt
Anis
½ Zitrone
Senf
1 Ei
1 Becher saure Sahne
Olivenöl, Rapsöl
1 Flasche Chardonnay

Als Erwin mit dem Kaninchen aus dem Schuppen kommt, hat die Elfe Hedwig schon den Mörser aus Bambusholz, eine kleine Schüssel und den Bräter auf der Arbeitsplatte neben dem Herd bereitgestellt. Sie schneidet einige Zehen Knoblauch ganz fein, während Erwin im Mörser Wacholderbeeren zerreibt, dann Rosmarin und Thymian hinzugibt, sowie Pfeffer aus der Mühle und Knoblauchsalz. Hedwig schüttet den Knoblauch hinzu und Erwin zerreibt alles noch einmal. In die kleine Schüssel kommt etwas Olivenöl und der ausgepresste Zitronensaft, dann alles aus dem Mörser, ein Teelöffel voll scharfer Senf und zum Schluß gibt die Elfe eine Messerspitze Zimt darüber und verrührt alles.

Derweile hat Erwin den Bräterboden mit Rapsöl ausgegossen. Das Kaninchen kommt hinein und Hedwig gibt mit einem Teelöffel die Kräuter-ölmischung von beiden Seiten auf das Kaninchen und verteilt diese gleichmäßig mit einem Pinsel.

»So, den Deckel drauf und bis morgen in der Speisekammer ziehen lassen. Ich komme zum Frühstück und bringe gleich Gehacktes mit. Da ich vermute, dass du mittlerweile einige Vorräte und Zutaten zum kochen gebunkert hast, kannst du heute Abend noch einen Rotkohl ansetzen.« Die Elfe dreht noch einen frechen Looping durch die Küche und entschwebt durch den sonnigen Tann.

Als sie am nächsten Morgen zu Erwin kommt, empfängt sie schon der Duft von frischem Kaffee. Erwin hat sein Waldschratfrühstück zubereitet. Nachdem sich später die Elfe etwas Eigelb aus dem Mundwinkel gewischt und die letzten Walnusskrümel im Mund mit Kaffee hinunter gespült hat, wird die Füllung für das Kaninchen zubereitet.
Eine fein geschnittene Zwiebel und Knoblauch, ein Ei, Thymian, Salz und Pfeffer und eine kleine Idee Anispulver werden mit dem Fleisch vermengt. Die Füllung kommt in das Kaninchen und es wird mit Rouladennadeln verschlossen. Ein wenig Füllung ist noch übrig und die Elfe formt daraus kleine Klöße, die sie erst einmal auf einem Teller beiseite stellt. Der Ofen wird auf 180° C vorgeheizt und derweile schnippeln die beiden noch zwei Zwiebeln in grobe

Stücke, halbieren fünf Knoblauchzehen und schneiden zwei Möhren in Scheiben.

Der Bräter kommt ohne Deckel in die Röhre und als das Öl darin bruzzelt, löscht Hedwig mit Chardonnay ab und senkt die Temperatur auf 140 ° C. Nach einer guten Stunde kommen die Möhren, Zwiebeln und der Knoblauch in den Bräter. Nach zwei Stunden ist das Kaninchen gar und Erwin heizt den Ofen noch einmal auf 180° C, damit der Braten richtig Farbe bekommt. Während Erwin das Kaninchen zerteilt schöpft Hedwig mit der Kelle Bratensud in einen Topf und verrührt diesen mit der sauren Sahne zu einer leckeren Sauce.

»Ach Erwin, schau, wie gut es uns geht hier im Tann«, sagt die Elfe und zeigt zum Küchentisch. Auf diesem steht die Platte mit dem Kaninchenbraten, Keulen, Vorderläufe und zwei Rollen gefüllte Mittelteile von Rücken und Bauchlappen, ringsherum hat Erwin die Möhrenscheiben und Zwiebelstückchen drappiert. Der Rotkohl duftet nach Nelken und die Kartoffelschüssel dampft. Golden brechen sich die Sonnenstrahlen in den Weingläsern, Hedwig stellt noch die Saucenschüssel ab und beide prosten sich zu.

»Du musst dir ein Rezepteheft anlegen, Erwin, sonst vergisst du wieder, welche Feinheiten wir hier fabriziert haben«, sagt die Elfe später und entschwebt satt und träge.

Erwin sitzt noch bis zum dunkelwerden am Küchentisch vor einem blauen Notizheft und kaut am Bleistift.

Zuckerkuchen-Zeiler

Erwin sitzt im Schneegegriesel
auf der Banke im April,
schaut bedeppert wie ein Stiesel,
weil die Sonn' nicht kommen will.
Zieht an seinem Zigarillo
und der Rauch steigt in den Tann
und formt Kringel in den Griesel
und der Erwin weiß nicht wann,

weiß nicht wann der Frühling endlich
über diesen Griesel siegt,
wann die dicke Hummel-Berta
mal in seinem Bette liegt.
Gestern hat er's frisch bezogen,
Blümchenmuster gelb-orange,
doch sie hat es nicht bewogen,
dass sie auf ein Stündchen kam.

Erwin ist ja auch kein Schäfer,
nicht mal Bienen hat er hier,
zieht an seinem Zigarillo
und bekommt so ein Gespür
dafür, dass die Hummel-Berta
gerne Zuckerkuchen mag,
schreibt auf einen gelben Zettel:
Komm mal rum, so in drei Tag'.

Nimmt den Zettel, geht geschwinde,
Griesel grieselt immer noch,
zu der Hummel-Bertas Hause,
wo die Haustür hat ein Loch.
Rollt den Zettel zu 'ner Rolle,
schiebt ihn in des Hauses Flur
und geht langsam wieder heim
- als er ankommt ist's sechs Uhr.

Anderntags geht er zum Ofen,
lange hat er nicht gebacken,
kehrt ihn aus und danach
hört man trock'ne Zweige knacken.
Erwin stapelt alle rein
und davor 'nen Nachschubhaufen,
raucht 'nen Zigarillo dann
und läßt seine Nase laufen.

Nen Tag später kauft er ein:
Mehl und Hefe, roten Wein,
Zucker, Butter, Milch und Eier,
freut sich auf den Feuerschein.
Denn am dritten Tag, da knistert's,
fleißig legt er nach das Holz,
zwischendurch geht auf die Hefe
und er schwingt das Kuchenholz.

Rollt den Teig dünn auf dem Bleche,
Zucker, Butter drauf und Zimt
und damit dann in den Ofen,
weil Huberta doch bald kimmt.
Alter Holztisch und zwei Hocker
steh'n vor'm Ofen und Odeur,
wie von Butter, Zimt und Zucker,
locken Berta jetzt hierher.

Griesel ist schon lang verschwunden
und die Sonne lugt hervor,
Erwin und Huberta essen
Zuckerkuchen und empor
steigt 'ne gelbe dicke Hummel,
kreist noch mal im Abendschein,
rotweintrunken hakt Huberta
zärtlich sich bei Erwin ein.

Und das frisch bezog'ne Bette
raschelt und der Rahmen knarrt,
weil der Zuckerkuchen-Erwin
Hummeln und auch Griesel narrt.

Zuckerbutterkuchen

500g Mehl
40g Hefe
ca. 250 ml Milch
200 g Zucker
1 Stück Butter
1 Ei
1 Teelöffel Zimt
1 Prise Salz
1 Becher süße Sahne

Das Mehl in eine Schüsssel geben und in der Mitte die Hefe mit etwas Milch und Zucker in ein wenig Mehl hineinrühren und eine viertel Stunde gehen lassen.

Ein halbes Stück Butter schmelzen und mit 100g Zucker, dem Salz und der Milch mit dem gesamten Mehl zu einem Hefeteig schlagen und nochmals eine viertel Stunde gehen lassen.

Ein Kuchenblech einfetten und den Teig ausrollen oder mit der Hand glätten. Mit den Fingerspitzen kleine Kuhlen in den Teig drücken und die restliche Butter hineinflocken. Darüber wird Zimtzucker gestreut.

Bei 180° C im vorgeheizten Ofen cirka 25 Minuten backen und den noch heißen Kuchen mit der süßen Sahne übergießen und mit einem Pinsel gleichmäßig verteilen.

Erkalten lassen und dazu Kaffee mit ein wenig Kardamom trinken.

Lammrippchen mit Datteln

Der Bauer Hermann Eichenkötter hat für Erwin ein Kamerunschaf geschlachtet. Erwin zerlegt und portioniert es. Den Rücken läßt er im ganzen, Blatt und Vorderläufe löst er aus für Goulasch, die Schinken entbeint er zum räuchern, die Rippchen schneidet er in Streifen und die Bauchlappen bereitet er für einen Rollbraten vor.

Wie immer hat die Elfe einen Draht dafür, Erwin in der Küche zu überraschen. Plötzlich steht sie neben dem Küchentisch und beäugt das zerlegte Schaf.

»Oh, da haben wir ja wieder etwas zu tun und können unserer Kreativität freien Lauf lassen. Ich denke mir mal, das feine Fleisch lassen wir für deine Angebeteten, aber die Rippchen hauen wir uns in die Pfanne. Ich muss heute eh noch in die Stadt und bringe uns gleich eine Packung Datteln und Chilischoten mit.«

»Datteln?«, fragt Erwin ungläubig.

»Ja, Datteln. Ich muss hier mal ein wenig anderes Flair in deine Töppe bringen, du kennst doch nur Knoblauch, Wacholder und Thymian.«

»Aber auch Anis, Nelken und Zimt«, knurrt Erwin zurück.

»Stimmt, ich will ja nicht meckern, denn ich bin mit dir schon ganz zufrieden. Morgen nach dem Waldschratfrühstück legen wir los.«

Etwas in Eile gekommen und mit roten Wangen rauscht die Elfe durch den Tann zurück in ihr Reich.

Am nächsten Tag braucht es nicht viel Mühe, die Lammrippchen zuzubereiten:

1 kg Lammrippchen
Wacholderbeeren
1 Chilischote
3 Zwiebeln
½ Knolle Knoblauch
Piment
Lorbeerblätter
Salz, Pfeffer aus der Mühle
Anis, Nelkenpulver
Rapsöl
Datteln
Rotwein

Die Rippchen werden im Bräter angebraten und dann kommen die kleingeschnittenen Zwiebeln hinzu. Sobald diese glasig sind, wird mit etwas Rotwein abgelöscht und gewürzt: Salz und Pfeffer über die Rippchen, Wacholderbeeren, Piment und Lorbeer in den Sud. Jetzt wird der Knoblauch klein geschnitten und die Chilischote; alles wandert dann in den Bräter. Nach ungefähr einer und einer halben Stunde wird mit ein wenig Anis und Nelkenpulver gewürzt und die Datteln kommen hinzu - eventuell Rotwein nachfüllen. Noch ein halbes Stündchen köcheln lassen und mit Reis servieren.

Erwin und Hedwig hat es jedenfalls geschmeckt.

Geräucherter Lammschinken

Erwin hat sich vor etlichen Jahren einen Räucherschrank gebastelt. Den Sockel hat er aus alten Backsteinen gemauert und zwei alte Ofentüren eingebaut. Die untere ist zum befeuern, die andere, zwei Steinschichten darüber, ist dazu da, getrocknete Kräuter auf die Glut zu geben. Der eigentliche Räucherschrank ist aus Holz, innen ist er mit Blech ausgeschlagen. Zwei Roste dienen als Auflage oder sie verhindern, dass ein abgefallener Fisch bis ganz nach unten in die Glut fällt. Oben gibt es rechts und links je ein abgekantetes Blech, auf welches die Metallstäbe, an denen das Räuchergut hängt, geschoben werden können. Das Dach kann hochgeklappt werden und so regelt Erwin mit einem Holzkeil die Luftzufuhr.

Erwin legt die Keulen erst einmal ein und macht sich dazu eine Kräutermischung mit Pökelsalz.

Lammkeule ohne Knochen
alle Zutaten pro Kg Fleisch
35 Gramm Nitritpökelsalz
1 Stück Knoblauchzehe
1 Teelöffel Schwarzen Pfeffer, zerstoßen
1 Teelöffel Rosmarin
1 Lorbeerblatt, zerkleinert
5 Gramm Braunen Zucker
1 Messerspitze Nelkenpulver und Anis

Dann reibt er die Fleischstücken sorgfältig von allen Seiten ein, so, dass die Mischung überall greifen kann. Das Fleisch kommt nun in Gefrierbeutel und er verschließt diese fest mit dünner Juteschnur. Im Kühlschrank muss das Fleisch nun zwei Wochen lang reifen, wobei er es täglich im Beutel ein wenig durchknetet und die Beutel umdreht, damit der Saft wirkungsvoll durchzieht.

Nach zwei Wochen spült Erwin das Fleisch unter fließendem kalten Wasser ab und fädelt mit einem spitzen Messer ein Stück Juteschnur hindurch, die er verknotet, damit der Schinken aufgehangen werden kann. Und so hängt der Schinken eine Nacht zum nachbrennen und trocknen in der Speisekammer.

Am nächsten Morgen nimmt sich Erwin fein gehacktes Erlenholz aus seinem Holzschuppen und entzündet es im Räucherofen mit trockener Birkenrinde. Er heizt den Ofen erst einmal hoch, damit er sich nach der langen Zeit frei.brennt. Als das Holz runtergebrannt ist, füllt er Buchenräuchermehl über die Glut und lässt die Temperatur bei offener Tür fallen. Derweile holt er seine Schinken aus der Speisekammer und reiht sie auf eine dünne Eisenstange.

Als der Ofen nur noch ein wenig über 20° C hat, hängt Erwin die Stange mit den Schinken ein und füllt noch etwas Buchenmehl auf. Nun quiemt der Ofen vor sich hin und Erwin schaut alle zwei Stunden nach der Temperatur und dem Räuchermehl.

Am späten Nachmittag, die letzten Sonnenstrahlen wärmen ihm den Nacken, als er nach dem

Räuchermehl schaut, flattert die Elfe neben ihm.

»Hoi, endlich steigt wieder mal Rauch aus dem Ofen. Wie lange müssen deine Schinken denn da drin bleiben?«

»Tja Hedwig, die sind ja nicht all zu groß, da denke ich, dass fünf Tage reichen.«

»Fünf Tage rund um die Uhr hältst du den Ofen in gange?«

»Nee, den lasse ich abends ausgehen und über Nacht können die Schinken ruhen. Sollte Frost kommen, muss ich sie über Nacht in die Speisekammer hängen. Die letzten beiden Tage gebe ich dann zum Räuchermehl meine Extramischung hinzu.«

»Gut, Erwin. Dann komme ich in fünf Tagen wieder, um den Geruch der fertigen Schinken zu schnuppern und bringe dir gleich ein Rezept mit.«

Am vierten Tag, die Schinken haben schon Farbe bekommen und es duftet, wenn Erwin den Ofen öffnet und nachschaut, holt er seine blecherne Keksbüchse mit der Räuchermischung aus dem Schuppen. Dort trocknet er auch den Verschnitt vom Wein und Wacholderzweige, Holz von Pflaume, Kirsche und Aprikose. Die Mischung besteht aus mit der Gartenschere fein geschnittenen dünnen Zweigen von Wein und Wacholder, sowie mit dem Messer abgeschnitzelter Späne der Obsthölzer. Überwiegend ist allerdings Wein und Wacholder. Von dieser Mischung gibt er jedes mal, wenn er Buchenmehl nachfüllt, durch die obere Ofenklappe eine Hand voll

40

hinzu. Am fünften Tag nachmittags kommt die Elfe. Sie hat eine Umhängetasche dabei und trippelt vor dem Räucherofen hin und her.

»Mach endlich auf, Erwin, ich möchte den Schinken probieren, der Duft macht mich kirre.«

»Der ist noch zu frisch zum probieren, Hedwig, er muss erst noch ein wenig abhängen, ziehen und trocknen.«

»Papperlapapp, trocknen kann der auch, wenn er angeschnitten ist - ab in die Küche damit.«

Und so sitzen Erwin und Hedwig bei einem Glas Wein am Küchentisch und probieren den frischen Schinken mit trockenem Brot.

»Du hast recht, Erwin«, sagt Hedwig, »der Schinken muss noch ein wenig hängen und trocknen. Dann machen wir beide einen Schinken-Käseabend. Und hier habe ich dir für ein Lammragout orientalisch schon einige Zutaten mitgebracht: Ras el Hanout, Chiliflocken, Sternanis, Kardamom und Feigen. Übermorgen kochen wir das. Dann ist Wochenende und du kannst deinen Damenbesuch beköstigen.«

Die Elfe legt alles auf den Küchentisch, nimmt noch einen letzten Schluck Rotwein und macht sich auf den Heimweg.

Erwin schneuzt sich mit seinem rotkarierten Taschentuch die Nase und hängt dann die Schinken zum trocknen in die Speisekammer. Hedwigs Zutaten räumt er in den Küchenschrank, setzt sich wieder an den Küchentisch und prostet dem Mond zu, der mit schmalem Gesicht durch's Küchenfenster lugt.

Erwin's Neumond

Erwin sammelt Holz im Tann,
er will es warm hab'n - kuschlig - dann
kommt Susann zum Abendbrot,
Mondes Sichel leuchtet rot.

Im Ofen bruzelt schon ein Lamm,
Suse zünd't die Kerzen an.
Sie schmausen, trinken roten Wein,
sie schläft in Erwin's Armen ein.

Des Mondes schmale Sichel guckt,
wie Erwin's linker Arm leicht zuckt,
Suses Brust bedeckt er nicht,
die leuchtet blass im Mondeslicht.

Der Mond ist nun fast sichlig weg
und Erwin grinst im Schlaf ganz keck.
Er wird noch mal kurz munter
und sieht: Der Mond geht unter.

Lamm orientalisch

Als die Elfe am Abend mit ihrer Umhängetasche zu Erwin kommt, hört sie durch die verschlossene Tür laute Musik von *Pink Floyd*. Sie huscht hinein und sieht Erwin an der Arbeitsplatte stehen und das ausgelöste Lammfleisch in kleine Stücke schneiden. Dieses hatte sie ihm am Tag zuvor aufgetragen.

»Was'n das wieder für'n Rabatz hier, Erwin? Ach ja, Kochparty. Und warum steht nur ein Weinglas auf dem Tisch - meinst du ich habe nach dem langen Weg in der Dunkelheit keinen Durst?«

»Du und im Dunkeln, dein Elfenstab leuchtet doch weithin und ich seh dich fast immer kommen. Das ist doch dein Glas, meins habe ich hier vor mir. Schau mal, um dieses Gericht zu kochen habe ich uns eine Flasche Portwein geöffnet.«

»Tschuldigung, Erwin - du hast wirklich immer die besten Kochparty-Ideen, aber mach mal leiser, mir flattern schon die Flügel von der Lautstärke.«

Nachdem Erwin die Musik leiser gedreht hat, legen beide das Lammfleisch in einer Keramikschüssel ein.

Lammfleisch
Ras El Hanout
Salz und Pfeffer
frische Minzeblätter
Chiliflocken
Olivenöl
½ Zitrone

Das Fleisch wird mit Salz, Pfeffer, Ras El Hanout und Chiliflocken vermengt. Dann träufelt die Elfe den Saft einer halben Zitrone und Olivenöl darüber und breitet die Minzeblätter flächendeckend aus. Die Schüssel kommt über Nacht in den Kühlschrank.

Erwin und Hedwig sitzen noch so lange am Küchentisch und erzählen, bis die Portweinflasche leer ist. Das blaue Notizheft von Erwin ist somit auch wieder um einige Aufzeichnungen reicher und die unteren Ecken stehen vom umschlagen und schreiben mit Erwins Pranken schon ein wenig hoch. Leicht bedöselt macht sich die Elfe auf den Heimweg und leuchtet sich den Weg durch den Tann. Erwin schaut ihr noch ein wenig nach und sieht die Schlangenlinien am Waldrand verglimmen.

Um zehn Uhr am nächsten Tag kommt die Elfe - ein wenig blass im Gesicht - wieder in Erwins Küche, um das Lammragout zu vollenden.

Folgende Zutaten fehlen noch:

2 mittelgroße Zwiebeln
1/2 Knolle Knoblauch
1 kleine Chilischote
Kardamomkapseln
Sternanis und Zimt
1 Packung Feigen
Rotwein

»Lass heute bloß irgend welchen Wein im Schrank, Erwin, ich habe ein wenig Kopfschmerzen. Für eine Kochparty ist es noch zu früh, du bekommst ja heute Abend Damenbesuch.

Zuerst schneiden wir Zwiebeln und Knoblauch klein, schmoren sie in Öl glasig an und parken sie in einer kleinen Schüssel Dann nehmen wir die Minzeblätter vom eingelegten Fleisch, geben dieses in den Bräter und braten es an. Mit etwas Rotwein löschen wir ab und geben Zwiebel, Knoblauch und die klein geschnittene Chili dazu. Während unser Fleisch gart, schneiden wir die Minzeblätter klein und geben diese auch in den Bräter. Alles schön umrühren und mit je einer Messerspitze Anis und Zimt würzen, Kardamom sollte den Fleischtopf perfekt machen. Die Menge der Zutaten bestimmen wir nach Geschmack. Der Bräter kommt gleich auf den Tisch und obenauf verteilst du die Feigen. Dazu gibt es Couscous.«

Hummelbertas Frühlingsmond

Dicke Strümpfe trägt die Berta,
gelbgeringelt, schwarz damang,
stapft durch nebelnasse Wiesen
forsch am Poltergraben lang.
Will zu Erwin, denn der Zausel
knöselt seinen Abendstumpen
und der Wind trägt feine Wölkchen
in die Nase von Bertunken.

Hinten geht die Sonne unter,
glutrot ist's am Waldesrand,
Berta schlenkert mit 'nem Körbchen,
Rotwein hat sie in der Hand.
Langsam klimmt sie hoch den Hügel,
Erwins Augen sind so groß;
wat 'ne nette Überraschung
und es kribbelt leicht im Schoß.

Erwin holt die Stalllaterne,
rotkariertes Leinentuch,
finkelfunkelblanke Gläser,
stolpert fast bei dem Versuch
ihr den Stuhl zurecht zu rücken,
sie ans Herze fest zu drücken,
ihre Wange ist so heiß
und sein Herz hüpft vor Entzücken.

Gläserklang schwebt hin zur Wiese
und der Rotwein rinnt geschmeidig,
weil die ausgedörrten Seelen
und die Fantasien - so seidig -
über'n Winter einsam waren,
denn da schlafen alle Hummeln,
aber jetzt zum Frühling hin,
darf man sich mal wieder tummeln.

Langsam schiebt der Mond sich höher,
Hummelberta summt ein Lied,
auch der Wind, der ist schon schlafen
und der Erwin wird jetzt müd.
Geh' nicht heim, es ist so dunkel,
schau mal dieses Sterngefunkel,
sagt der gelbe Frühlingsmond
und Berta weiß, dass es sich lohnt.

Also schiebt sie Erwin sachte
seine steile Treppe hoch,
riecht die frische Leinenwäsche,
den Odeur, den kennt sie noch.
Draußen flackert die Laterne
ihren Schein zum Mondesglimmer,
in der Kammer räkeln beide
sich galant zum Sternenschimmer.

Morgens braune Stullenbrettchen
auf der bunten Leinendecke
und der Inhalt aus dem Körbchen,
Frühstücksquark und Streuselecke,
weich gekochte Zwerghuhneier,
selbst geräuchter Wildschweinschinken,
sitzen beide in der Sonne -
die sieht man im Teiche blinken.

Dann ein Summen, erst ganz leise,
lauter dann und eine Meise
dreht verdutzt den Kopf zur Wiese -
schwarz-gelb-taumelnd sieht sie diese
etwas wintertrunk'ne Hummel
zielgerichtet näher kommen -
Erwin glotzt noch ganz benommen.

Schau mal, Berta, deine Socken
haben Flügel und es lohnt,
Liebe wieder neu zu wecken -
wie gestern unter'm Frühlingsmond.

Hähnchenfrühlingssuppe

Die Schneeglöckchen sind schon lange verblüht und die Petersilie auf dem geschützt gelegenem Kräuterbeet der Elfe treibt munter aus, ebenso zeigt der Thymian helleres Grün. Schnittlauch und Schnittknoblauch sind schon fingerlang. Die Elfe ruft bei Erwin an und sagt: »Morgen kochen wir eine Hähnchenfrühlingssuppe, ich bringe alles mit.«

Als die Elfe Hedwig am nächsten Morgen voll bepackt zu Erwin kommt, ist dieser nicht im Haus - nicht einmal der Küchentisch ist für ein Frühstück gedeckt. Enttäuscht packt die Elfe ihre Umhängetasche aus und macht sich dann daran, nach Erwin zu schauen. Er ist nicht im Holzschuppen und auch nicht am Räucherofen. Erwin verfugt seinen Backofen. Akribisch streicht er mit einer Fugenkelle Mörtel vom hölzernen Reibebrett in die ausgewaschenen Fugen seines alten Backofens. Das Kommen der Elfe bemerkt er nicht.

»Hier bist du also, du legst ganz schön los. Was treibt dich zum Backofen?«

Erwin fährt erschrocken herum. »Ich möchte ihn zum Osterfest anheizen und dazu Freunde und Nachbarn einladen. Dazu müssen wir uns noch was Leckeres überlegen. Lass uns erst einmal deine Hähnchenfrühlingssuppe kochen.«

In der Küche kocht Erwin zuerst einen Kaffe und dann begutachtet er die Zutaten, welche Hedwig auf den Küchentisch gelegt hat.

1 Hähnchen
3 rote Zwiebeln
1 kleine Knolle Knoblauch
1 Stange Porree
1/2 Knolle Sellerie
5 Möhren
1 rote Paprika
1 Chilischote
5 cm Ingwer
13 Wacholderbeeren
5 Körner Piment
grobes Mehrsalz
11 Pfefferkörner
5 Blätter Lorbeer
1 Tasse Reis
frischer Thymian, Oregano, Petersilie
Schnittlauchspitzen und Schnittknoblauch

»Zuerst geben wir das gewaschene Hähnchen in den großen Suppentopf, so viel Wasser dazu, dass es gerade bedeckt ist, einen gestrichenen Esslöffel voll grobem Meersalz, Wacholder, Piment und Lorbeerlaub sowie die Pfefferkörner und bringen es zum Kochen. Während es dann vor sich hin köchelt, schälen wir die Zwiebeln, halbieren sie und schneiden dünne Scheiben. Danach den Ingwer schälen, ebenfalls in dünne Scheiben schneiden und diese wiederum in schmale Streifen. Die Chilischote längs aufschneiden. Wer es richtig scharf mag, lässt die Körner drin - ansonsten raus damit. Die halbierte Schote in Streifen schneiden und alles dem köchelnden Hähnchen zugeben. Nun schälen wir die Möhren und scheiden sie in schmale Scheiben, den Porree in etwas breitere, der Sellerie wird nach dem Schälen gewürfelt. Zuletzt noch die Paprikaschote würfeln oder in kleine Streifen schneiden.

Wenn der Hahn gar ist, holen wir ihn aus dem Topf, lösen das Fleisch ab und schneiden es in mundgerechte Stücke. Die Pelle kommt auch wieder in die Suppe. Wir kochen hier nicht für Weight Watchers, sondern etwas Deftiges für Leute vom Lande.

Ich schmecke mal die Brühe ab und würze etwas nach. Meine Zutaten sind von der Menge her eher etwas locker angesetzt. Entscheidend ist jederzeit die Kostprobe während der Zubereitung. Und damit steigt die Individualität des Gerichts. Ist ja auch eine Entscheidung der jeweiligen Stimmung beim Kochen. Nun geben wir das restliche Gemüse hinzu und den Reis. Die Suppe muss nun köcheln, bis das Gemüse gar ist.«

Hedwig schneidet die frischen Kräuter fein und gibt Thymian und Oregano in die Suppe. Nach einer viertel Stunde sitzen beide am Küchentisch und haben jeder vor sich einen Teller voll Hähnchensuppe, über welche Hedwig die restlichen frischen Kräuter gestreut hat.

Wildbret aus dem Backofen

Ostern steht vor der Tür und Erwin hat Freunde eingeladen. Er hat den Backofen fertig restauriert und sich beim Schmied einen großen Bräter aus Stahlblech fertigen lassen. Diesen hat er bei der Feuerprobe des Ofens mit eingebrannt. Dazu hat er den Boden des Bräters mit Sonnenblumenöl ausgegossen und die Seitenbleche eingepinselt. In das Öl hat er Kartoffelschalen geworfen und den Bräter in den Ofen geschoben, als dieser mehr als 300° C hatte. Die Glut hat er im Ofen gelassen und der Bräter hat sich über Nacht eingebruzzelt. Am nächsten Morgen hat Erwin die verbrannten Kartoffelschalen mit dem Öl in eine wilde, mit Brennnesseln bewachsene Stelle in seinem Garten hinter dem Haus gekippt und den Bräter mit einem alten Geschirrtuch sauber ausgewischt. Zufrieden beäugt er die entstandene Patina.

Dann legt er das Fleisch für sein Osterfest ein. Es muss eine Nacht marinieren. Erwin wählt Keule von Hirsch und Wildschwein, Rücken vom Kamerunlamm sowie Blatt und Träger vom Wildschwein. Er bedeckt den Boden des Bräters mit Sonnenblumenöl, legt die gewaschenen aufgetauten Fleischteile hinein und bestreut sie mit Salz. Er schält Zwiebeln und halbiert sie und pellt Knoblauchzehen. Die Zehen einer halben Knolle schneidert er in sehr feine Stückchen, die benötigt er für seine Gewürzmischung, mit welcher das Fleisch mariniert wird.

Im Mörser bereitet sich Erwin eine Gewürzmischung aus folgenden Zutaten:

kleingeschnittener Knoblauch
Pfefferkörner
Wacholderbeeren
Nelken
Rosmarin

Nachdem er alles klein gemahlen hat, fügt er
2 Teelöffel scharfen Senf und Olivenöl hinzu.

Mit einem Pinsel bestreicht er dann die Fleischteile
im Bräter. Dazwischen streut er einige Wacholderbeeren, Lorbeerblätter und legt halbierte Zwiebeln
sowie Knoblauchzehen hinein. Den Bräter stellt er
zum durchziehen in seinen Holzschuppen.

Am nächsten Tag heizt er nachmittags den
Backofen an. Drei Bündel Birkenreisig und einige
dünne Scheite Erlenholz zündet er mit trockener
Birkenrinde an. Während die Reisigbündel nieder-
brennen legt er Erlenholzscheite nach. Erwin setzt
sich auf den niedrigen Holzstapel im offenen
Vorhäuschen vom Backofen, trinkt Rotwein aus einem
Keramikbecher und legt ab und an Holz nach, bis es
im Backofen richtig bullert. Er schiebt ein
Thermometer durch ein kleines Loch, welches er in
die Eisentür des Ofens gebohrt hat und schaut, wie
die Temperaturanzeige steigt - knapp über 350°C. Nun
geht er in den Holzschuppen und holt den Bräter. Die

Zwiebelhälften und Knoblauchzehen fischt er mit einem Löffel heraus und legt sie in eine Schüssel. Den Bräter schiebt Erwin ohne Deckel in den Ofen und lugt ab und an durch die ein wenig geöffnete Ofentür, was sich da drin so tut. Als das Öl blubbert und das Fleisch Farbe annimmt, stülpt sich Erwin seine alten Backofenstulpenhandschuhe über und zieht den Bräter zur Ofenluke, füllt zwei Flaschen Rotwein hinein und setzt den Deckel drauf. Zufrieden stapft er in sein Häuschen und liest in der Küche am Tisch bei Rotwein Gedichte von Pasternak. *Walzer mit einer Träne* - links der Originaltext in kyrillischer Schrift, rechts die deutsche Übersetzung.

Ostersonntag. Gleich nach dem Aufstehen geht Erwin zum Backofen, hebt den Bräter heraus und nimmt den Deckel ab. Mit der Fleischgabel piekt er in die Keulen und mit dem Löffel schlürft er ein wenig von der Sauce. Besser kann es gar nicht sein. Da zum Mittag seine Gäste kommen, heizt er den Backofen noch einmal an. Er holt die Schüssel mit den Zwiebeln und dem Knoblauch und tut alles wieder in den Bräter. Während dieser noch ein wenig vor sich hin köchelt, werden Zwiebeln und Knoblauch gar, ohne zu verbrennen. Am langen Holztisch zwischen Haus und Garten versammeln sich seine Gäste warm angezogen in der Frühlingssonne. Suse und Hummelberta haben Kartoffeln, Klöße und Rotkohl mitgebracht und Erwin spendiert zur Verdauung den rechtzeitig vor Ostern angesetzten Knoblauchschnaps. Die Elfe Hedwig ist nach zwei Schnäpsen ein wenig aus dem Häuschen und fliegt Loopings im Garten, derweile Erwins Kumpel Hein Ziesenwusel, der Forstmann, sich einen Überblick von dessen Holzvorräten und dazu heimliche Notizen macht. Immerhin ist der Hein nach einer jahrelangen Sendepause wieder bei Erwin zum feiern und klönen erschienen. Eine blöde alte Geschichte hatte sie einst entzweit, aber nun lachen beide darüber.

Der Hammel ist ein Herdentier,
gesellig, doch auch stur.
Wenn Waldschrat Erwin bockig ist,
fährt er die selbe Spur.
Das Leben ist ein Karussell,
es dreht sich rechts und links,
man weiß nie, wann der Drehwurm kommt
und auch nicht was es bringt.

Der Holzschrat Hein, der ist sein Freund,
sie liebten beide Heide,
der Mond schien gelb und lockte sie
wie Hammel auf die Weide.
Das Balzen war ganz fürchterlich,
sie wollten Heide - beide.
Doch keiner hat sie jeh gekriegt,
die stand auf Gold und Seide.

Nun stopft der Erwin seinen Strumpf,
der Holzschrat macht nie Pause.
Und beide wissen insgeheim:
Statt Sekt trinkt sie jetzt Brause.

Knoblauchschnaps

1 Flasche Nordhäuser Doppelkorn
1 Knolle Knoblauch, sehr fein geschnitten

Erwin besitzt eine alte Karaffe mit einem Glasstöpsel. Er löffelt den kleingeschnittenen Knoblauch hinein und stopft mit dem Stiel von einem Holzlöffel nach. Dann gießt er den Doppelkorn in die Karaffe und stellt sie auf das Fensterbrett, damit sie möglichst viel Sonnenschein abbekommt.
Nach drei bis vier Wochen sind alle Knoblauchstückchen auf den Karaffenboden gesunken - ein Zeichen, dass der Schnaps nun reif ist.

Erwins Gäste haben dem Knoblauchschnaps zum Frühlingsfest reichlich zugesprochen; nur die meisten Knoblauchstückchen - einige sind mit in die Gläser gespült worden und als Antibiotika im Magen der Festrunde gelandet - sind noch in der Karaffe. Er füllt eine weitere Flasche Doppelkorn in die Karaffe, denn er weiß, der zweite Aufguss ist der beste. Der wird nach drei weiteren Wochen richtig ölig und die Kehle freut sich seelig.

Räucherfisch

Fischer Friedrich Busemann, der auch zu Erwins Osterfest geladen war, machte diesen darauf aufmerksam, dass er lange keine Fische von ihm geholt hat.

»Erwin, deine Pfanne und dein Räucherofen träumen schon zu lange von meinen Fischen. Komm' mal wieder vorbei, wir machen dann eine Zusammenstellung für einen Räucherabend.«

Also rumpelt Erwin mit seinem Lada Niva zwei Wochen später am Ufer des Flusses den ausgefahrenen Feldweg entlang zur Fischerhütte von Friedrich Busemann. Beide sitzen dann auf der Bank, einen Zigarillo zwischen den Lippen, und schauen über das Ufer in die weite Flussniederung.

»Was geht zur Zeit, Friedrich?«, fragt Erwin.

»Wels, Flussbarsch, Rotfeder, Karpfen und Aal würde ich empfehlen. Da ist für jeden Geschmack etwas dabei. Also zum räuchern. Für die Pfanne habe ich Hecht und Zander.«

»Gut, ich nehme erst einmal Fische zum räuchern mit, Pfannenfisch hole ich mir ein anderes mal.«

Gut gelaunt rumpelt Erwin den Feldweg zurück und dann wieder in den Tann zu seinem Haus. Vor der Haustür wartet schon die Elfe auf ihn.

»Ich dachte mir«, sagt die Elfe zur Begrüßung, »wir legen die Fische gemeinsam ein, dann hat einer immer saubere Hände für das würzen.«

Erwin bereitet sich im Mörser eine Mischung aus Wacholder, Pfefferkörnern und Rosmarin. Dann fügt er klein geschnittenen Knoblauch und Ingwer hinzu.

Hedwig hat Blätter von Salbei und Zitronenmelisse mitgebracht. Eine Zitrone wird halbiert und dann legen beide die sauber gewaschenen Fische ein. Dazu hat Erwin einen größeren rechteckigen Plastebehälter mit Deckel. Während er die Fische hält, streut Hedwig von beiden Seiten Salz aus der Mühle darüber, dann in den Bauchraum. Dort hinein träufelt sie Zitronensaft, löffelt Gewürzmischung hinzu und legt Blätter von Minze und Salbei obenauf. Erwin legt die Fische vorsichtig auf die Seite, so dass die Gewürze nicht gleich wieder hinausfallen. Den Rest Würze und einige Blätter streut Hedwig über die eingelegten Fische und dann kommt der Deckel drauf. Im kalten Schuppen ziehen die Fische nun über Nacht.

Wacholder
Ingwer
Knoblauch
Rosmarin
Salbei
Zitronenmelisse
Zitrone
Salz und Pfeffer

Am nächsten Morgen nimmt Erwin die Fische aus dem Behälter und hängt sie mit einem Haken an eine dünne Eisenstange in seinem Schuppen zum trocknen auf. Dann heizt er den Ofen mit Weidenholz und

Buche auf 110° C auf. Auf die Glut kommt nun Buchenräuchermehl und zuerst die beiden Aale in den Ofen. Als die Ofentemperatur gegen 70° C gesunken ist, hängt Erwin die anderen Fische hinein: Kleine Portionskarpfen, Flussbarsch und Rotfeder und zwei gut einen halben Meter lange Welse. Nun hält der die Temperatur um die 50° C, füllt ab und an Räuchermehl und grobe Holzschnitzel auf. Nach zwei Stunden haben die Fische eine goldbraune Farbe und fühlen sich genau so an, wenn Erwin seine Nasenspitze mit zwei Fingern drückt. Er öffnet die obere Klappe des Ofens so weit es geht und legt noch einen Zweig trockenen Wacholder auf die fast ausgegangene Glut.

In der Küche wartet schon Hedwig auf ihn, sie wollen Ayoli machen. In eine kleine Schüssel hat sie schon zwei Eigelb geschlagen. Diesen hat sie eine halbe Knolle sehr fein geschnittenen Knoblauch beigefügt. Erwin läßt nun in einem sehr dünnen Strahl Olivenöl in die Schüssel laufen, während Hedwig emsig mit dem Schneebesen rührt. Als die Konsistenz von Mayonaise erreicht ist, wird mit Salz, Pfeffer und Zitronensaft abgeschmeckt.

Erwin holt nun die Fische aus dem Ofen und bringt sie auf einer Keramikplatte zum Gartentisch, an dem sich seine Freunde wieder einmal versammelt haben. Dazu gibt es frisches Bäckerbrot, Tomaten, Bier und Weißwein.

Ayoli

2 Eigelb
½ Knolle Knoblauch
Olivenöl
Salz und Pfeffer
Zitrone

Knoblauch sehr fein schneiden und grob mit dem Eigelb vermengen. Dann Olivenöl in dünnem Strahl unter ständigem rühren hinzugeben. Wenn das Ayoli fest ist, mit Salz, Pfeffer und wenig Zitronensaft abschmecken.

Es ist dunkel im Wald

Der Waldweg ist moosig
und luftig schwingt vor mir dein Rock.
Sieben mal vorher hab ich dich schon hier her gelockt.
Sieben mal klimpern die Wimpern
von dir mich schon an,
sieben mal stolper' ich hinter dir her durch den Tann.

Es ist dunkel im Wald, deine Hände sind so kalt,
doch mein Herz schwitzt, weil du neben mir sitzt.
Und ich rutsch an dich ran,
der Mond scheint durch den Tann,
doch ich trau mich nicht dich zu verführ'n.

Die Eule äugt und ich meine, sie lacht mich aus,
es raschelt da hinten 'ne tanzende Waldspitzmaus.
Der Wolf heult im Mondschein,
die Sterne spiel'n Ringelreih'n.
Ich kneif mir die Wange und sag mir:
Jetzt mutig sein.

Und ich tu, was ich kann,
dass ich dich wärmen kann
und ich tu es ganz ungeniert.
Und du nimmst meine Hand
und führ'st sie dort hin
und nun weiß ich, dass jetzt was passiert.

Fleischtopf asiatisch

Die Elfe und Erwin sitzen auf der Bank hinter dem Haus und schauen in den Sonnenuntergang. Linkerhand schiebt sich der fast halbe Mond über die Wipfel vom Tann. Hedwig durchbricht das Schweigen: »Haste 'ne Idee, was wir demnächst kochmäßig kreieren können, Erwin?«

»Wir schieben uns mal gewürzmäßig weiter nach Osten und mixen uns selbst was zusammen. Experimentieren macht doch auch mal Spaß.«

»Da hast du recht, immer nur Wacholderbeeren und Knoblauch ist ja langweilig. Aber wenn es schmecken soll, müssen wir auch die richtigen Gewürze haben, die gibt es doch nicht im pimpeligen Supermarkt in unserer Pampastadt.«

»Hedwig«, sagt Erwin und legt ihr beruhigend seine Hand auf die Schulter, »die bestellen wir über das Internet. Geht ganz fix und wir mixen uns die Mischungen selbst.«

»Ja, ja,ja,ja,ja - Internet! Hier im Tann. Und überhaupt, wie kommst du denn da drauf?«

»Weil ich einen Klapp-Topp habe, Hedwig.«

Die Elfe schreckt kerzengerade hoch. »Was? Du hast einen Laptop? Seit wann denn das, du Hinterwäldler, Holzhacker, Knoblauchbauer, Träumer und Rotweintrinker. Ich fasse es nicht - du willst mich verarschen!«

»Klapp mal deine Flügel zusammen und flattere mit denen nicht so nervös und agressiv rum«, sagt Erwin aufgebracht. »Ich habe schon lange einen Laptop, bin doch kein Trollo. Und Internet gibt es auch via Funk. Also alles Bestens. Komm, wir gehen in die Küche, es wird kalt hier draußen.«

Derweile Hedwig eine Flasche Bordeaux öffnet, holt Erwin seinen Laptop aus dem Schlafzimmer - welches Hedwig nie betreten hat, da sie als Elfe ein Neutrum ist - und bringt ihn auf dem Küchentisch in Stellung. Dann gurken beide durch das Netz der Gewürze und tätigen eine umfangreiche Bestellung. Als erstes wollen sie sich mit der Zubereitung einer kambodschanischen Mischung mit Zitronengras und einer Currymischung beschäftigen.

Zwei Tage später kommt das Päckchen mit den Gewürzen. Erwin hat seine alte Kaffeemühle hervor gekramt, in welcher sie die Zutaten mahlen wollen.

»Tja, Hedwig«, brummelt Erwin, »wir wissen zwar, was essenziell in die Mischung hinein kommt, aber nicht, in welchem Verhältnis. Wie machen wir das nun?«

»Einfach probieren, Erwin. Die Nase darüber halten und nachmischen. Zuerst schreddern wir einiges für deine Waldschrat-Limetten-Gewürzmischung.«

Erwin kramt eine alte Kaffeemühle hervor; ein Produkt des VEB Elektroinstallation Sonneberg, dort hinein kommen

4 Teelöffel Zitronengras
1 Teelöffel Kaffir-Limettenblätter
1 Teelöffel Anis
9 Curryblätter

»Oh, das duftet schon mal ganz gut«, sagt die Elfe, als sie den Deckel öffnet. »Aber deine Maschine scheint ja schon mächtig alt zu sein, hier sind ja noch Fasern vom Zitronengras zu sehen.«

»Sind wir hier im Sternerestaurant oder in der Küche vom Waldschrat?« brabbelt Erwin. »Die Mischung bleibt so, die kippen wir in eine kleine Schüssel und fügen die gemahlenen Komponenten hinzu.«

2 Teelöffel Kurkuma
1 Teelöffel Paprika
1 Teelöffel Galgant

Hedwig und Erwin mischen alles gut durch und portionieren noch ein wenig nach, bis ihnen ihre Nase sagt, dass sie mit dieser Mischung kochen können. So kreieren sie gleich einen Fleischtopf:

1,5 kg Schwein, ausgelöst aus Schulter und Rücken, vom Biobauern Hermann Eichenkötter
5 Teelöffel Waldschrat-Limetten-Gewürz
2 Esslöffel Zucker
1 Teelöffel Salz
100 ml Sojasauce
1 Ei
1 Knolle Knoblauch
5 Schalotten
5 cm Ingwer
1 Chilischote
800 ml Kokosmilch

Gewürze, Ei und Sojasauce werden gemischt, dann wird die Kokosmilch hinzu gegeben. Das Fleisch wird in kleine Würfel geschnitten und kommt ebenfalls dazu. Wenigstens zwei Stunden muss es nun kalt gestellt ruhen.

Derweile machen sich der Waldschrat und die Elfe Notizen für eine Currymischung. Sie wägen ab, welche Mengenverhältnisse der einzelnen Zutaten gehen könnten und haben letztendlich eine genaue Liste.

Nach mehr als zwei Stunden widmen sich beide wieder dem Fleischtopf. Mit einer Schöpfkelle hebt Hedwig die Fleischwürfel aus der Marinade und gibt sie in ein Durchschlagsieb, welches über einer Schüssel klemmt. Derweile hat Erwin schon ein wenig Sonnenblumenöl im gußeisernen Bräter erhitzt. Hier hinein kommen nun die Fleischwürfel und werden, so gut es geht, ein wenig angebraten. Dann gießt die Elfe die Marinade in den Bräter und als alles köchelt, legt sie den Deckel drauf.

Nach einer und einer halben Stunde und mehrmaligem umrühren bei niedriger Temperatur nimmt Hedwig den Deckel ab und läßt die Marinade eindampfen. Erwin hat Reis aufgesetzt und bald sitzen beide am Küchentisch und genießen ihre erste eigene Gewürzmischung und den kreierten Fleischtopf.

Waldschrat-Currymischung

6 Telöffel Korianderkörner
3 Telöffel Cumin (Kreuzkümmel)
2 Telöffel weiße Pfefferkörner
1 Telöffel Tiger-Pfefferkörner
19 Stk. Kardamomkapseln
1 Telöffel Macis (Muskatblüte) oder Nuss reiben
2 Telöffel Fenchelsamen
3 Telöffel Bockshornkleesamen
2 Telöffel getrocknete Chilis
1 Telöffel Sternanis
5 Stk Gewürznelken
15 Curryblätter
3 Telöffel Kurkuma (gemahlen)

Hedwig schüttet alle Gewürze, außer Kurkuma, in den jeweiligen Mengen in die eiserne Pfanne und erhitzt sie behutsam ohne Fett, bis sie duften. Erwin steht schon mit seiner Kaffeemaschine in Habachtstellung. Es werden zwei Füllungen, die fein gemahlen und in eine Schüssel geschüttet werden. Der Duft der warmen Gewürze, scharf und herb, breitet sich in der Waldschratküche aus. Hedwig fügt noch das Kurkuma hinzu und vermischt alles sorgfältig. Dann löffelt sie die Gewürzmischung in ein Glas mit Hebelverschluß.

»So Erwin, die Menge reicht für einige Gerichte - und wenn das, was wir zukünftig damit kochen, so schmeckt, wie es in der Küche duftet, können wir ganz beruhigt wieder Freunde einladen.«

Lammrücken mit Fenchel in Curry

Erwin und Hedwig haben sich verabredet, um ein Gericht mit ihrer Currymischung zu kochen. Curryhähnchen oder Fisch mit Curry finden sie langweilig, also haben sie sich für Lammrücken entschieden.

Lammrücken je nach Größe (1000 bis 1500 g)
2 Knollen Fenchel
1 Zwiebel
½ Knolle Knoblauch
1 Zitrone
Chilisalz (selbst gemischt aus der Mühle)
Pfeffer
Rapsöl
Olivenöl
Waldschrat-Curry
Weißwein

»Du hast hier so eine schöne Auflaufform aus Glas, Erwin, die ist ja eigentlich für Fisch, aber für unser Lämmchen gerade recht. Ich gieße die jetzt mit Rapsöl aus, denn das ist die Grundlage für das anbraten morgen. Schneide bitte die Zwiebel in Ringe, den Fenchel in Ringe oder Streifen und halbiere die Knoblauchzehen. Ich lege derweile den Lammrücken, nachdem ich ihn von unten ein wenig gesalzen habe, mit dem Kamm nach oben in die Auflaufform. Um den Lammrücken herum legen legen wir die Zwiebelringe, darüber den Fenchel und obenauf

Zitronenscheiben. Dazwischen kommen noch die halben Knoblauchzehen. Die beiden Enden der Zitrone drücke ich über dem Lammrücken aus und jetzt gieße ich vorsichtig mit dünnem Strahl Olivenöl im Zickzack über den Lammrücken, so dass es sich darauf verteilt. Nun kommt ein wenig Pfeffer und Chilisalz aus der Mühle darüber, zuguterletzt streuen wir unsere Waldschrat-Currymischung auf den Lammrücken. Und ab damit über Nacht in den Kühlschrank.

Morgen komme ich zum Waldschratfrühstück zu dir und danach kochen wir. Lade doch die Suse und die Hummelberta zum Essen ein. Hummelberta soll eine Flasche von ihrem Ingwerlikör mitbringen, der passt als Nachtisch.«

Anderntags flattert Hedwig durch den Tann mit der wärmenden Morgensonne im Rücken und freut sich auf das Frühstücksei von Eichenkötters glücklichen Hühnern. Erwin erwartet sie schon, der Küchentisch ist gedeckt und es duftet nach Kaffee - aber ein wenig anders als sonst, Erwin hat ein wenig Kardamom zermörsert und mit dem Kaffee aufgebrüht.

Nach dem Frühstück schiebt Erwin die Auflaufform in den Ofen. Als das Öl blubbert und der Lammrücken Farbe bekommt, löscht Hedwig mit Weißwein ab und senkt die Ofentemperatur auf 140°C. Lieber etwas länger bei weniger Temperatur, als zu dunkle Zitronen- und Fenchelringe, ist ihre Devise. Dazu gibt es Curryreis - was sonst.

Hirschkeule

Von dem Hirschkalb, welches Erwin vom Bauern Eichenkötter bekommen hatte, ist noch einiges da. Hedwig und Erwin bereiten sich daher eine Hirschkeule zu. Da gibt es bei der Rezeptur nicht viel zu überlegen und beide machen sich an die Arbeit. Hedwig schneidet Zwiebeln und Knoblauch klein und Erwin zerkleinert im Mörser die Gewürzmischung. Dazu dudelt leise von Erwins Plattenspieler die LP *Day Breaks* von *Norah Jones*.

1kg Hirsch, ausgelöst aus der Keule
Salz und Chilisalz aus der Mühle
15 Pfefferkörner
9 Wacholderbeeren
5 Pimentkörner
9 Nelken
½ Teelöffel Anis
½ Zitrone
2 Zwiebeln
½ Knolle Knoblauch
Sonnenblumenöl
Rapsöl
1 Flasche trockener Rotwein

Die Hirschkeule kommt auf Sonnenblumenöl in den Bräter, wird gesalzen und dann mit der Gewürzmischung aus dem Mörser bestreut. Erwin drückt die halbe Zitrone darüber aus und Hedwig träufelt Rapsöl auf das Fleisch. Der Bräter kommt ohne Deckel in den Ofen. Als das Öl blubbert und das Fleisch Farbe zeigt, löscht Hedwig mit Rotwein ab, legt den Deckel auf den Bräter und regelt die Temperatur auf 140° C. Derweile hat Erwin Zwiebeln und Knoblauch in einer Pfanne glasig angeschwitzt und gibt diese in den Bratensud.

In der Zeit bis zum gar werden der Hirschkeule verfeinert Hedwig ein Glas schnöden Rotkohls. Sie gibt ein wenig Schmalz in einen Topf und dazu den Rotkohl. Nun Nelken, Lorbeerblätter, je eine Prise Salz und Zucker dazu und kleine Apfelstückchen. Der Rotkohl köchelt vor sich hin und kurz vor dem Essen gibt die Elfe eine handvoll Rosinen dazu.

1 Glas schnöden Rotkohl
1 Apfel
Schmalz
15 Nelken
2 Lorbeerblätter
Salz
Zucker
Rosinen

Currybouletten versus Kräuterbouletten

Weil die Waldschrat-Currymischung der Elfe und Erwin geschmacklich so gut gefällt, starten sie einen Vergleich. Bouletten gehen immer, meinen sie, die kann man auch kalt gut essen. Also bereiten sie zwei Varianten zu, die sich nur in der Gewürzmischung unterscheiden und laden ihre Freunde zur Verkostung ein.

Zuerst streifen sie die Blätter von Thymian und Rosmarin von den Stängeln, die Rosmarinblätter werden zusätzlich klein geschnitten. Dann folgen Zwiebel, Knoblauchzehen und Ingwer. Für jede Variante kommt in eine Schüssel

500g Gehacktes
1/2 Zwiebel
2 Knoblauchzehen einer großen Knolle
4 cm Ingwer
1 Ei
Salz
Semmelbrösel

Nun kommt einmal Tymian und Rosmarin, einmal die Waldschrat-Currymischung hinzu und die Masse wird gut vermengt.

»Die Waldschrat-Currymischung ist aber ganz schön heftig, da sollten wir sorgsam mit umgehen«, sagt Hedwig und brät dann die Bouletten in Rapsöl.

Die Punkteverteilung der Gäste verraten sie nicht.

Gänsebraten und Gänseschmalz

Hermann Eichenkötter bringt Erwin eine frisch geschlachtete Gans. Er hatte dieses am Abend vorher angekündigt und so hat sich Erwin darauf vorbereitet. In der Waschküche hat er unter dem großen Kessel angefeuert und bereits heißes Wasser, um die Gans zu brühen. Erst einmal trinken beide in Erwins Küche einen Knoblauchschnaps auf die Gans; einen vom zweiten Aufguss, der wie Öl die Kehle herunterrinnt. Nachdem Eichenkötter wieder gefahren ist, bindet Erwin der Gans die Füße zusammen und versenkt sie an diesem Strick im Kessel. Mit dem Feuerhaken in der linken Hand staucht er sie einige male unter. Dann geht er auf den Hof, wo er schon die gesäuberte Schubkarre bereit gestellt hat und beginnt die Gans zu rupfen. Die Federn häufen sich in der Karre und Erwin kommt ins Schwitzen. Wieder in der Waschküche trennt er Kopf und Füße sowie die äußersten Glieder der Flügel ab und nimmt die Gans aus. Dann sengt er sie mit der Flamme von seinem Unkrautvernichter, welchen er eigentlich nur zum entfachen von Feuerhaufen im Garten benutzt, die Federkielstoppeln ab. Die Leber kommt in die Pfanne und Flügel, Magen, Herz und Hals friert er für eine Suppe ein. Die Gans muss eine Nacht abhängen. Nachdem er die Leber verspeist hat, macht er Gänseschmalz. Er lässt die Gänseflomen langsam aus und gibt die Zutaten in den Topf. Die fette Gans liefert eine kleine Schüssel Schmalz.

Gänseschmalz

Gänseflomen
Schweineschmalz (1/3 der Menge Gänseflomen)
1 Apfel, in kleine Würfel geschnitten
1 Zwiebel,gewürfelt
2 Lorbeerblätter, zerbröselt
9 Wacholderbeeren, angedrückt
9 Pimentkörner
Majoran oder Oregano

Gänsebraten

Am nächsten Tag nimmt Erwin die Gans vom Haken in der Speisekammer und die Elfe legt sie in das Backblech mit dem hohen Rand. Sie salzt die Gans kräftig von innen und außen ein. Danach füllen beide den Bauchraum und verschließen sie mit zwei Rouladennadeln.

5 Zwiebeln, halbiert und in Scheiben geschnitten
1 Orange, geschält und zerteilt
3 Äpfel, geviertelt
7 Thymianstängel
3 Rosmarinstängel
7 Wacholderbeeren
9 Nelken
13 Backpflaumen

Erwin hat natürlich wieder seinen Plattenspieler angeworfen und *Jimi Hendrix* aufgelegt - es dudelt der wohl schönste Titel, den Hendrix je geschrieben hat: *The Wind Cries Mary* - findet Erwin jedenfalls.

Als die Gans gefüllt ist, sticht die Elfe mit einer spitzen Gabel mehrmals zwischen Keulen und Bürzel ein, damit beim Erhitzen das Fett austreten kann. Natürlich kommt noch ein wenig Salz aus der Mühle und Pfeffer über die Gans.

Das Backblech wird mit Wasser aufgegossen und dann kommt es bei 220°C in den Backofen. Wenn alles schön bruzzelt, nimmt Hedwig wie immer die Temperatur runter auf 140° C. In drei Stunden sollte die Gans gar sein. Immer wieder mal schaut sie nach und belöffelt die Gans mit dem eigenen Fett

Die Gans ist gar und Hummel-Berta und Suse sind auch gekommen. Erwin trägt das Blech mit der Gans vorsichtig zur Arbeitsplatte und Hedwig schöpft Fett ab und gieß es in einen Topf. Als Erwin die Gans zerteilt auf einer Platte drappiert hat, löffelt die Elfe einige Pflaumen, Zwiebel- und Orangenstückchen in den Soßentopf und kreiert mit dem Pürierstab eine schmackhafte Sauce.

Ach ja, Kartoffelklöße und Rotkohl haben die beiden Wald-Küchenmeister natürlich auch noch zubereitet.

Zum Abschluss gibt es dieses mal keinen Knoblauchschnaps, sondern Prunelle Sauvage.

Der Plattenspieler dudelt von der *Klaus Renft Combo* den Kultsong *Gänselieschen*.

Wintersonnenwendemond

Sternenstaub im Mondeslicht,
viertel nur ist sein Gesicht
und der Erwin rührt im Kessel,
Kiefernstumpen ist sein Sessel,
rote Bohnen, Zwiebeln, Knoblauch,
Chili, Hackfleisch, Mais gibt's auch noch,
mittendrin im tiefsten Tann
- zum Winterpicknick mit Susann.

Die sitzt auf 'nem andern Stumpen,
in der Hand 'nen Schwarzbierhumpen,
grinst ihn schon mal fröhlich an
- gleich gibt's Chili-li con Carne.
Denn die Sonne macht jetzt Wende,
Erwin wärmt sich seine Hände
an des Kessels warmer Wandung,
hört im Ohre Meeresbrandung.

Doch die Brandung ist im Blute,
sitzt Susann doch - diese gute -
hier auf einem Kiefernstumpen,
in der Hand 'nen Schwarzbierhumpen.
Erwin zieht an seinem Stumpen,
hustet und sein Herz muss pumpen,
die Zigarre glüht und glüht
- so, wie Erwins Liebe blüht.

Leise klappert's Blechgeschirre
und der Mond denkt: Ich werd' irre,
Erwin und die taff Susann,
ob das jemals gut geh'n kann?
Denkste, sagt die Wendesonne,
nach der Wende kommt die Wonne
und die Lust auf's Frühlingsleben,
merkste gar nicht Erwins Beben?

Sicher, sagt der Mond und blinzelt
und die Wintersonne finzelt
ihren letzten warmen Strahl
in Susannes silb'res Haar.
Diese nimmt die Picknickdecke,
Humpen, Teller und Bestecke,
Erwin trampelt aus die Glut
und setzt sich auf den Stülpnerhut.

Eng umschlungen stolpern beide
schwarzbierseelig durch den Tann,
in des Erwins warme Hütte
- Wintersonnenwend-Susann.

Chili con Carne

Jedes Jahr zur Wintersonnenwende lädt Erwin seine Freunde und Nachbarn ein, dieses Ereignis zu feiern. Geschützt vor der Witterung sitzen sie in seiner Köhlerhütte, die er vor vielen Jahren einmal hinter dem Haus errichtet hat. Innen sind Ringsherum eingebaute Sitzbänke - die ganze Köhlerhütte ist praktisch aus einem Stück Holz gesägt - unter denen sich Knüppelholz zum verfeuern befindet und in der Mitte eine Feuerstelle aus Ziegelsteinen. Laternen funzeln, es gibt Bier, Wein, Brot und Chili con Carne.

1500 g Hackfleisch gemischt
1 Tube Tomatenmark
2 Büchsen geschälte Tomaten
4 Büchsen Kidneybohnen
2 Büchsen weiße Bohnen
2 Dosen Mais
4 große Zwiebel(n)
1 Knolle Knoblauch
2 Chilischoten
1 EL Kreuzkümmel
Salz
Pfeffer
Oregano
Rapsöl

Erwin brät das Hackfleisch in Rapsöl an und würzt es mit Salz und Pfeffer. Als es ein wenig Farbe bekommen hat, drückt er die Tube Tomatenmark darüber aus und weiter geht die Braterei. Zwischendurch kommen die gewürfelten Zwiebeln und der Knoblauch hinzu. Damit nichts anbrennt, kippt er den Inhalt einer Dose geschälter Tomaten in den Topf. Nun fügt er die kleingeschnittene Chilischote hinzu und die Bohnen, von denen er die Einheitssuppe, in der sie in der Büchse eingelegt waren, vorher in den Ausguss gekippt hat. Nun kommt der Mais und die andere Dose mit den geschälten Tomaten in den Topf. Die Konsistenz sollte jetzt stimmen. Er gibt Kreuzkümmel und Oregano hinzu und schmeckt ab.

Der Plattenspieler stimmt ihn mit *Infinite* von *Deep Purple* auf die Gäste ein.

Der Wind pfeift durch die Bretter und die ganze illustre Waldgesellschaft sitzt um das Feuer und löffelt Chili con Carne. Am nächsten Tag räumt Erwin die Köhlerhütte auf, Suse schläft noch. Die Elfe schwirrt ein, als beide am Küchentisch ein verspätetes Frühstück einnehmen.

»Oh«, sagt sie spitz, »heute Suse, morgen Berta.«

»Ja«, entgegnet Erwin, »das Leben wird immer härter.«

Suse prustet vor Lachen und auf dem Küchentisch perlen einige Kaffeetropfen. In dem Moment klopft es und kurz darauf tritt Hummel-Berta ein.

»Noch was vom Frühstück für mich da?«

Lammrollbraten

Die Elfe meint, Erwin sollte nun einmal zusammen mit seinen beiden Freundinnen kochen. »Etwas Zartes, Erwin, damit kannst du Punkte machen.«

Erwin entscheidet sich für einen Lammrollbraten. Die Bauchlappen, die er damals ausgelöst und eingefroren hat, kommen nun zum Einsatz. Bevor Suse und Hummel-Berta eintreffen, legt Erwin alle Zutaten auf dem Küchentisch zurecht.

Bauchlappen und
kleine Rippenstückchen vom Kamerunlamm
1 Pfund Gehacktes halb und halb
1 Ei
1 kleines Glas Kapern
1 Zwiebel
½ kleine Knolle Knoblauch
Meersalz mit Chili aus der Mühle
Pfeffer
Rosmarin
Anispulver
Nelkenpulver
1 Zitrone
Walnüsse
1 Flasche Chardonnay
2 Flaschen trockenen Küchenwein zum verzehren
Buschbohnen
Kartoffeln

Suse und Hummelberta kommen mit der alten Ente von Suse vorgefahren, bei der sich Erwin immer wieder wundert, dass die jedes mal noch einen TÜV bekommt. Der Wind treibt Schneegegriesel gegen Erwins Klabuchte, als die beiden aus dem Auto steigen.

»Hoi«, sagt Erwin zur Begrüßung, »da kommen die beiden Damen zum Kochevent mit der Nobelkarosse vorgefahren.«

»Tja Erwin, bei dem Wetter fliegen keine Hummeln und zarte Suse-Trusen stapfen da nicht durch den Tann«, erwidert Hummel-Berta schnippisch.

In der warmen Küche entkorkt Erwin eine Flasche Küchenwein und die drei trinken sich für das Kochen warm. Dann schneidet Hummel-Berta die Zwiebel und den Knoblauch klein, Suse schlägt ein Ei auf und trennt das Eigelb und gießt vorsichtig die Flüssigkeit aus dem Kapernröhrchen. Erwin hat derweile die Bauchlappen in vier Teile geschnitten und das Gehackte in eine Schüssel getan. Nun wird dieses mit der Hälfte der Zwiebeln und Knoblauch, dem Eigelb, Chilisalz, Pfeffer, Rosmarin, ein wenig Anis und Nelkenpulver und den Kapern vermengt. Suse würzt die Bauchlappen mit wenig Salz, Anis und Nelkenpulver und drückt eine halbe Zitrone darüber aus. Berta rollt jetzt mit der Füllung Rouladen und Erwin verschließt sie mit Rouladennadeln. Von der restlichen Füllmasse formt Suse kleine Klößchen.

Die Rouladen sowie die ebenfalls gewürzten kleinen Rippenstückchen kommen in die Kasserolle und werden von allen Seiten angebraten, dann mit

Chardonnay abgelöscht. Berta gibt noch die restlichen Zwiebeln und Knoblauch hinzu und legt den Deckel auf die Kasserolle.

Die drei Waldbewohner vertreiben sich nun die Zeit mit Nüsse knacken, Kartoffeln schälen und Bohnen schnippeln bei Küchenwein. Ab und an schaut Erwin in die Kasserolle, ob Chardonnay nachgefüllt werden muss, damit nichts anbrennt. Nach einer und einer halben Stunde gibt Suse die Walnüsse in den Bratensud und Berta kocht die geschippelten Bohnen mit Salz, Pfeffer und Bohnenkraut und die Kartoffeln.

Es klopft zart an der Tür und dann schwebt die Elfe herein. Sie hat ihren Wintermantel, den die Kunkel ihr gewebt hat, an und wischt sich mit graziösen Handbewegungen den Schnee von den Flügeloberkanten. Erwin spendiert eine dritte Flasche Küchenwein und alles wird aufgegessen.

Mit voller Plauze trinken sie noch einen Ingwerlikör zur Verdauung und dann meint Suse: »So vollgelötet fahre ich jetzt nicht nach Hause, ich gehe hoch und mache einen Mittagsschlaf.«

»Ich komme mit, Suse«, sagt Hummel-Berta, »kommste auch, Erwin?«

»Da halte ich mich mal lieber raus«, sagt die Elfe, fliegt noch einen Looping durch die Küche und dann zu ihrem Hollerbusch.

Oben im Schlafzimmer schnarchen Berta und Suse in Erwins Armen, derweile der schon wieder vom nächsten Gericht träumt.

Eisiger Mond

Ganz schön glatt, knurrt Erwin leise,
rutscht fast aus in dunkler Schneise,
als er Eicheln und Kastanien
für die Schweinchen, fern aus Spanien,
huckepack im Jutesack
in den Wald bringt und es knackt
leis' der Frost - und perdauz,
liegt er lang, der arme Kauz.

Rappelt sich und kalter Mondschein
wabert aus den Wolken nieder,
huckt den Sack und trappelt weiter,
denkt an Frühling, weißen Flieder,
der da wächst, wo Hedwig wohnt,
eingemummelt unter'm Hollerbusch und winterschläft gemütlich
- Mondeskälte wird noch doller.

Doch jetzt grunzen seine Schweinchen,
wittern Eicheln und Kastanien,
Erwin kippt den Fresstrog voll
für die Schweinchen, fern aus Spanien.
Die hat er vom Biobauern
abgekauft und hier versteckt,
denn er will nicht, dass die Suse
sie bei ihm zu Haus entdeckt.

Schinken will er einmal räuchern,
Bioeisbein und Kot'lett
Suse und der Berta reichen
- duftend zart nach alten Eichen.
Stapft zufrieden durch die fahle,
nasezwickend' Mondeskälte,
der mit halbem gelben Schein
aus dem Wald macht Märchenwelten.

Erwin schürt sodann das Feuer,
steckt sich die Zigarre an,
lehnt zufrieden sich zurück -
wundervoll ist's hier im Tann.
Suse, Berta in ihr'm Bette,
Gänsedaun'n, schnaufen verzückt.
Allerdings ahn'n sie noch nix
von Erwins Biobauernglück.

Waldschrats Fleischtopf

Erwin hat im Februar zum Winteraustreiben geladen. Seine illustre Freundesrunde sitzt dieses mal dichtgedrängt um den Küchentisch, denn der Febraurwind pfeift kalt durch die Köhlerhütte und den Frauen ist es dort zu anstrengend, immer wieder den Schal zurecht und die fröstelnden Schultern hoch zu ziehen. Eichenkötter hat seine Fuchsfellmütze auf den Plattenspieler gelegt und der Fischer Friedrich Busemann sein Fischerhemd weit aufgeknöpft, denn in Erwins Küche ist es heimelig warm. Holzschrat Hein Ziesenwusel hat einen Anhänger voll Erlenholz für Erwins Backofen mitgebracht; vorausschauend zum nächsten Frühlingsfest.

Die Elfe kommt in Begleitung der scheuen Kunkel, welche sich nur ob der Kochkünste des Waldschrats von der Elfe zum mitkommen überreden ließ. Sie hat ein Räucherdöschen mit einer speziellen Mischung mitgebracht und räuchert alle Räume in Erwins Haus aus.

»Jetzt hat der Winter ausgeschissen«, brabbelt die Kunkel, als sie wieder in der Küche erscheint. Hein schiebt ihr ein Glas Ingwerlikör zu, welches sie genüsslich ausschlürft.

Auf dem Herd steht ein großer Topf mit Erwins Fleischmischung, die er am Tag zuvor schon zubereitet hat und Hummelberta gießt die Kartoffeln ab. Dann kellen sich alle einen kräftigen Schlag auf ihre Teller, vergessen den Winter im Tann und das heiße Essen läßt Vorfreude auf den Frühling aufkommen.

250g magerer Speck
500 g Hackfleisch
500 g Schweinefleisch
500 g Rindfleisch
5 Knacker
5 Zwiebeln
½ Knolle Knoblauch
5 Tomaten
11 frische Champignons, halbiert
15 Wacholderbeeren
Pfeffer
wenig Salz
Rosmarin
Thymian,
5 Lorbeerblätter
2 Chilischoten, fein gehackt
Rapsöl
2 Becher saure Sahne
1 Glas Portwein

Der Boden eines großen gusseisernen Topfes wird mit Rapsöl bedeckt, darauf kommen der Speck, zerpflücktes Hackfleisch, ein wenig von den klein geschnittenen Zwiebeln, Knoblauch, Tomaten, Champignons, Chilischoten und den Gewürzen. Jetzt folgen gewürfeltes Schweinefleisch, Rindfleisch und Scheiben von den Knackern; zwischen jede Lage kommen wieder Gemüse und Gewürze. Zum Schluß wird die saure Sahne und der Portwein darüber gegossen. Zugedeckt muss der Topf drei Stunden köcheln - aufpassen, dass nichts anbrennt.

Langsam wird es dämmerig, aber alle sitzen noch zusammen, trinken Rotwein oder starken Kaffee mit Kardamom. Der Ingwerlikör ist alle, aber Erwin hatte sich mit Knoblauchschnaps bevorratet.

»Nimm mal die Mütze vom Plattenspieler, Hermann«, ruft Erwin, »wir machen jetzt Musike.« Er sucht in seinem Plattenstapel und legt *Ein Hauch von Frühling* mit *Manfred Krug* und der *Günther Fischer Band* auf.

Die Sterne funkeln und der gelbe Mond schaut durch die Wipfel in den Tann, als Erwins Besuch den Heimweg antritt. Wieder allein, räumt er in der Küche auf, hört noch Platten aus fast vergessenen Zeiten und freut sich still und leise. Er freut sich, dass die Elfe ihn zu den Kochexperimenten animiert hat. Er freut sich, Freunde zu haben, in deren Runde er glücklich ist.

Zufrieden steigt Erwin in sein Bett und sinniert.

Erwins Abendsang

Manchmal ist die Welt schon stimmig,
manchmal gibt's ein wenig Streß,
manchmal ist man abends müde,
manchmal lacht man nachts noch kess.
Manchmal glaubt man an die Liebe,
manchmal läuft man vor ihr weg,
manchmal irrt man durch die Räume
- manchmal sitzt man still am Fleck.

Manchmal hat man Hackenblasen,
denn der Weg war ganz schön weit,
manchmal hat man feuchte Nasen,
manchmal hat man was bereut.
Manchmal sind die Sterne dunkel,
manchmal scheint der Mond so hell,
und dann ist man lieber leise
- nur von Ferne klingt Gebell.

Klingt Gebell vom Nachtmahr rüber,
der stets trüb und einsam ist,
und dann weiß ich hier im dunkeln,
dass es mit dir anders ist.
Manchmal kann man ruhig schlafen,
manchmal träumt man wirren Kram
und dann wach ich auf und suche
Zärtlichkeit in deinem Arm.

Manchmal scheint am Morgen Sonne,
manchmal ist der Himmel grau,
manchmal weht der Wind ganz leise,
manchmal ist der Abend lau.

Immer wieder so'n Gefühle,
neben dir ganz kunterbunt,
manchmal wähn ich mich am Ziele
und die Liebe fühlt sich rund.

Teil 1 der Reihe »Mondgeflüster«

Der Mond trinkt in seiner Pause zu gerne
Caipirinha, muss schwarze Löcher stopfen, bekommt
einen Orden und weist letztendlich die Kosmische
Kälte in die Liebe ein. Eine lockere Zusammenstellung
von Kurzgeschichten, Versen und Liedertexten.
Gedanken über das Leben und die Liebe, poetisch
verformte Erfahrungen; und nicht zuletzt Skurriles in
Verse gefasst. Glaubhafte und fantastische
Randerscheinungen des realen Lebens und irrer
Träume. Die Einordnung möge der Leser selbst
vornehmen.

ISBN 978-3-7322-4050-0
BoD — Books on Demand 2013
www.mond-im-schlafrock.de

Teil 2 der Reihe »Mondgeflüster«

Bisher wissen wir, dass der Mond in seinen Pausen gerne Caipirinha trinkt, schwarze Löcher stopft, die Kosmische Kälte in Sachen Liebe aufklärt und mit der kleinen Sterneputzerin poussiert. Nun bringt ihm die irdische Elfe Hedwig von Kofelder das Kochen bei, denn Liebe geht auch im galaktischen Raum durch den Magen.

Von Quittengelee bis Lammbraten beschreibt die Elfe, wie man es zubereitet - aufgelockert mit elfischen Versen.

ISBN   978-3-7392-3424-3
BoD — Books on Demand 2016
www.mondkochbuch.de